그리움이 피는 곳

개미

그리움이 피는 곳

이경숙

발간사

  2011년에 24권 24,000권에 이어 두 번째 시집을 내면서 반추를 해봅니다. 삶의 질곡 속에서 살아온 날보다 살아갈 날에 이 창작집으로 인해 위로가 되길 바라는 마음이 간절합니다.

  대한민국장애인창작집필실이라는 타이틀 처음으로 달던 때가 빈 하늘에 달을 매달던 마음이었습니다.

  이번 선정 작가와 작품집은 반향이 커지기 시작했습니다. 자기 몸을 온전하게 운신하지 못하는 이들이 모여 만든 동인시집을 비롯해 지역적 교류를 시작하였고, 개인시집 4권, 2인 시집 1권, 지역 일반인 개인 시집을 1권 하여 총 7권이 발간됨에 있어 새로운 가능성의 환희를 체험하고 있습니다.

  대전시와 대전문화재단의 관심과 지원 그리고 후원은 커다란 시대정신의 한 축이 되기에 충분합니다. 한국문학의 새로운 정신의 발로가 이곳에서 비롯되기를 바랍니다. 하루의 삶이 버거운 이로부터 내일의 희망이 갈급한

이들까지, 그리고 같은 시대를 사는 눈높이를 같이하는 모든 약자들에게 바칩니다.

　공모에 응해주신 작가분들에게도 축하와 감사를 드립니다. 아울러 심사위원 박덕규 교수님을 비롯해 계간 문학마당, 갤러리 푸른창, 갤러리 예향 좋은친구들, 갤러리 예향 한국장애인문화네트워크, (사)한국청소년영상예술진흥원, 최영란 무용단, 착한봉사단에 감사의 마음 전합니다. 특히 장애인 작가들의 육필로 쓴 원고를 직접 타이핑해 주신 권태정, 조은경, 강건규 등 일일이 말하지 못한 모든 착한 마음에서 읽는 독자에게 이 책을 바칩니다.

2013년 12월
장애인인식개선오늘
대표 박재홍

시인의 말

　문득 찾아드는 인생의 허망함에 대한 가슴 저린 인식

　세상에 파문처럼 뒤채이며 살아가는 자신

　내부가 텅 비어 있다는 사실을 발견했을 때 의식을 지배하는 습자

　사고 난, 조각 난 몸의 환상이다

　이 현실의 시를 낳고 계속되는 고뇌

　내가 웃지 않으면 거울 속의 나도 웃지 않는다는……

　네잎클로버를 찾던 내가 행복 가득한 새 잎을 낳을 때

　생명 활력의 시대 불가피했으리라

　결의에 결연한 의지이다

　재생을 위한 자아인식이 더 깊어지는 것 같다

　마음의 타래를 푼다

　자아세계가 극명하게 드러나는 순간

　상실과 구원된 시의 공간

　저를 활력으로 이끌어 주신 은인님들

　용인문학회 임원님들 모두 감사드립니다.

2013년 12월

이경숙

그리움이 피는 곳
차례

낙엽

가을에는 사랑할 시간도 그리 길지 않습니다
두 눈을 감고도 가슴속에 타는 말 못할 그리움
가을 잎새 바람에 뒹굴면
그리워질 때는 생각만 하여도 눈물납니다

사랑하지 못한 날들 미련 때문에
아름답다는 말이 될 때까지
더 외롭게 몸부림칩니다

가슴 벅찬 사랑도
햇살 받은 낙엽같이 와락 안아버리면
서러운 깨달음
캄캄한 가슴속에 한 떨기 꽃처럼 앓아
어디에도 내려앉지 못합니다

가을에는 잘 다듬어진 마음 길을 묻고
시간의 담을 넘어서라도 보고프니
붙잡아 달라고 합니다

심연의 죽음에는 나는 단풍처럼
생존의 몸부림이란 걸 알아
적막한 날에는 심장이 철도 없이 뜁니다

순전한 마음으로 간직한 사랑을
불타오르고 싶습니다

그대 모습 맑게 닦은 참된 사랑
다시 떠오르지 않아
가을 노래 듣고 싶습니다

일본 평화공원에서

두 손 모아
가슴 뭉클한 감정
피폭자들의 서러운 영령들
평화를 염원하는 천사의 목소리 같아
전쟁의
생명을 잃은 억울한 민초들이
지금은 하루의 힘겨운 양식으로나
향기로운 박애로 살기 위해 너와 내가 아닌
또 다른 인류의 형제자매로
엉클어진 시련의 눈물같이
가슴에 묻어 놓아 서럽다
오묘한 원리도
목마른 지식도
생명의 절실한 숨은 멍에로 잔상들이 아프게 한다
풍요로운 마음의 기도 소리로
인간의 처절한 울음 속에
고귀한 생명의 소리로
종소리는 다기오는 것 같아진다

달 뜨는 봄

성모당 앞에 섰다
무엇이 生이냐고 물음에
"아직도 사랑할 줄 알았다"

푸른 하늘을 그대로 눈 속에 담아
사랑할 땐 송두리째 안고
뿌리 끝까지 꽃잎 하나까지
서로의 향기에 취해
잠들고 말았고

목숨에 대한 애착만은
엷어질 리 없는데
얼어붙은 가슴
봄 햇볕에도 마르지 않아
양지쪽 연녹색 잎으로
되살아나고

깨어진 심장 조각 누가 쓸어 담으라고

기다림만 한가득 써놓았지요
이른 봄 실오라기 하나 걸치지 않은
짐승같이
슬프도록 푸른 그런 사랑 하나
가슴에 낳고 싶다

겨울밤

하얗게 뿌려진 겨울 별밭
나는 왜 작은 미동에 슬퍼하는가?
긴 밤 연속극을 보며 미웁고 슬프고 외로움을
바꿈질했는데
상쾌한 아침 택배가 왔다

머리 쓰는 것보다 마음 쓰는 것이
더 소중하다는 것을
내 삶이 이미 안다

생명은 잎새처럼 떨고 있어
착한 숲은 은혜가 산다

억겁을 마주할 영혼의 칼로 슬픔을 자르지 못했나보다

맑고 순수한 우정으로
그리움을 벗으면 우리는 살기 힘든
겨울이며 더욱 아프게 절제해 가는 곳

나의 영은 죽은 것들이 뿜어내는 아우성 소리
적은 눈가에 말들이 설익어도
겨자씨 같은 조그맣게 살면서
마음이 깃든 생명이 되어지는 것 같아라

G의 이삿날

소담스럽게 핀 금잔화
G의 화구에 넣을 불씨같이 날름거리고
어둠이 벼랑같이 발끝이 아찔아찔하다
움질거리는 힘
여심은 사랑을 앓아
먼 먼 날들 촉촉한 별이 움트는 소리

오점의 입질
닭뼈가 목에 걸려 겨우 살아난 자는
이쁘다고 연거푸 추임새를 넣고
명자는 연하의 남편이 오면 삼남매 눈망울이 선하다
기린처럼 목이 길어 관심이 목걸이를 많이 걸 수 있어
모두 함량 미달인 사랑 같아
순하다

G는 그럴 때마다 영한대역 성경을 쓰고 봉독한다
도서실 일자리를 얻을 것이라는 귀띔을 듣고
새싹처럼 착한 차비

마음의 순정을 묵례처럼 될까?
늘 항진증을 앓고 있는 환우처럼
기도약을 물컹하게 삼키고
오늘은 이사한 날 무명재 묘소를 찾아 연도한다

영혼의 안식은 어떨까?
육탈하는 날 죄정하여 G를 내려다보는
사랑의 현실일까 짐짝처럼 늘어진 세상의 장막일까
모두가 전명한 뜨락 기을 사물들이
불쏘시개 같은 바짝 마른 동태들

옮겨 붙은 단풍이 동공에 머물 때
거실마다 설치한 스프링쿨러 장치에
마음의 불도 G는 껐다고 믿는다

인연

그대 마주 설 날이 온다면
사랑의 기쁨같이 천진스러움 담아
클로버 꽃처럼 싱그러운 언약
아무런 근심 없이
평화롭겠습니다

그대 함께 있으면
눈물 속 웃음이 푸른 피 튕겨
순전한 마음속 라일락꽃
작은 꽃두레 마음 모아
침묵의 혼불 놓아
온몸으로 살아납니다

마가렛

꽃잎 바람에 하늘거리다
언덕배기 잡초들이 잘려 나가고
마가렛 피어 연약한 줄기 푸른 피
뚝 뚝 떨어져
화병에 꽂았다

생기를 잃어 마지막 눈빛 애절하다
꿈으로만 살아갈 때
갸날픈 몸 數학을 잘하던 친구
유난히 꽃을 좋아하며
사랑의 송가를 즐겨 부르고
꽃같이 희고 순결한 그리움 남고
스스로 빛과 소금 되어 살자고 기도하더니
가슴에 멍만 남기고 떠나갔다

서러운 것이 詩이고 마른 햇빛 고운 꽃잎이
노래이며
믿음의 무수한 슬픔

영혼의 온기를
오늘도 잠재우다 그는 필생
꽃으로 피어난 듯하다

선인장

방안에 들여놓은 선인장
햇볕도 모래바람도
휘몰아치는 사막의 꿈도
잃어버렸다

한 모금의 생명수로 연명하기 어렵다고
보일 듯 보일 듯한
순결과 자유를 사랑했다

결코 시들지 않아 너를 두고 마음 달랠
망향으로 앓아
빛살 찾는 외로움

늘 싱그러운 맥 향수어린 비릿내
햇살 받아 혼 비쳐
너의 생명 방황하는 이정표 달아
속내 통토지다
사랑의 초발심 인고의 눈물 되어

꽃피우리

농아자의 절박한 기도

산새 노래 들리고 초록 연무리 인사하는
기쁨 넘치는 봄의 향연 꿈꾸는데
벅찬 마음 소멸된 듯 인연 매듭 하나
풀어져 이웃이 투병중에 채식과 과일을 섭취하도록 애
쓰고 있는데
철없이 마음에 상처 남기고 간 이
의미 없는 모습에 눈물 뿌려진다

새털구름 하늘에 빗질하듯 피어나
한아름 백합 같은 우정 다듬으며
한평생 처절히 고독한 듯 웃음도 눈물도
빈 마음 전해지지 않아
외로움이 가시지 않는 작은 풀꽃

몇 번이나 머뭄 없이 일어서고
조금씩 굳어진 초점이 흔들려
사랑하며 살아가자고
까만 동공으로 하소연한다

부실한 너의 꽃잎에 가시지 않는
피같이 맑은 언어 눅눅한 삶 속에
하얗게 마음 바랜 생명

히포크라테스에 감사의 마음
수도자의 손 꼭 잡고 하늘 높이
던져 올린 자비의 십자가에
눈물 글썽이고 꼭꼭 눌러앉아
사랑해 달라고 기도하며 말 못하는
너의 가슴에 사랑이 숨어 산다

어느 가을

가을이 흐르네 맑은 영혼의 산실
세상 푸념 다 듣지 못하는데 허울 벗은 나목이
펄펄 살아 그리움으로 물든 고운 잎새
빈손을 크게 벌려 놓지 않으려고
낙엽 뒹구는 뜨락 커피향
가을 햇볕 친구 삼아
마음에 사랑 간직하고 싶다

늘 그리움으로 살며
채울 수 없어 홀로 걷기에 막막하지만
수없이 넘어지고 쫓기는 시간
똑같은 일상 반복이지만
가난한 마음자리
진흙 속 수련같아 금방 눈물 만들 것 같다

많이 참아서 많이 기뻐라고
작은 불씨 마음 달랠 진솔한 삶
식지 않는 사랑뿐이란 걸 알아

순전한 가을 하얗게 풀어내며
오래 간직하고 싶다

떠남의 계절인 이 가을
삶이란 물음에 땀 흘릴 줄 아는 마음과
열정의 고통에도 감사하며
닫혀 있는 자연의 밀어들을
일상으로 깨어나 낙엽은 서러운
가장 행복한 순간을 표출한 것 같다

평화공원

바람 받쳐 질 상석 없이
가슴에 묻고

삶의 느낌 어딘가에
풋풋한 생명의 양식 십자가에
허공을 부유하는 소리

가슴에 치닿는 사계절은
매번 옷을 갈아 입어도
표백된 어제가 처절히 아픔 느껴야 하는 심사

지난날
의병 독립군 위안부 할머니의 애절한 삶
타국에서 흩뿌려진
민족의 선영이 떠오르고

지금의 생활과 이생의 철학은
분노의 깃 한 끈기 눈물 담아

평화 심어 매화 꽃잎 날리듯
가는 울음 밤하늘 별무리지어 애설프다

지인은 이 땅에 흔들리는 둥지에 신음했고
마음 무너져 순진무구의 꿈속에
바람 없는 날에도 향기로 깨어나
이유 없는 항거도

타국의 물보라에 숨어 새운 서러움이
비명에 울고
밤새 번민 씻어 낸
숨어 새긴 사랑이 피고 진다

'울지마 톤즈'를 보고

다크빛 표정과 생이 진부함
세상 그늘진 곳을 사랑하는 마음자리
전쟁으로 피폐해진 수단 톤즈
희망으로 이끌며
척박한 땅 뜨거운 보살핌
어둠을 스스로 녹여
촛불이 되어진 희망의 싹 틔움
사랑하며 치유의 손길
일상의 어려움이 희망으로 이끌어
give me a pen
눈물 되어 기다림의 긴 시간
눈 먼 나환우의 마지막 출산을 돌봐주며
지금은 신부님과 사진을
창틀에 놓고 보고파 한다는 곳
어둠이 햇살을 되살아나게 하는 이방인의 땅에
고통에서 생명의 경이로움
소외된 마음 꿈꾸는 것조차 모르는 빈곤
이겨낼 사랑

희망적 삶이 Everthing is good 마지막 유언
남이 걸어가는 길을 택하지 않고
오솔길을 걸어 이젠 대로를 남긴 박애
살신성인이 되어
짧은 생애 눈물 방울로
빛 되어 아로새겨진다

어느 가을날

사랑은 단순이 거저 주는 것이 아니야
해바라기처럼 그리움이 피던
그 까닭은
무언의 항변으로
가슴 파닥이며 슬픔 흘러 호수가 되었기에

생명의 향기가 줄어들고
미소가 가실 때
사랑으로 단전의 詩가 잉태될 때

눈감고 뜰 때 똑같이
사슴처럼 보여
그리움의 산 제물

자이브 룸마 마카레나로 흔들며
보도블록 사이에 핀 코스모스
잎에 상처 나고 꽃잎 떨어진
냉혹한 삶의 표출

아직 창문에 비치기 때문일까

싸이의 말춤이
마음에 불지피는 가을연회
쨍소리 나도록 흔들며
사랑의 허밍 만선을 부르는
민중의 연가

더 밝은 빛으로 부활하여 짐은
가을 에드벌룬처럼
잠적한 은총의 세례일까

6월의 하늘가

땅과 바다에 우국충정의 정기
산야에 짙어져
다시 생각하는 생생함
소식 묻는 바람은 여전히 향기 품어
애절한 생각 마음에 숨어든다

여백으로 멍울진 날카로운 마음
비련 속 가난한 연민이 낳은 목련 꽃비
사랑을 입에 물고
아프고 또 아파도 너의 존재는 슬픔을 이겨 낸
의지의 생명
연명하는 삶조차 어눌한 호흡

다양한 활력으로 가름할 수 없는 하얀 찔레꽃
언제나 같은 자리에 머물러
숨은 듯 들어앉은 목숨
비바람쳐도 태양처럼 빛을 뿜어

젊은 피 활활 태운 상처

짝 없는 달처럼

말을 잃고 순백한 영인

꽃피움을 잊고

이방인이 된 듯

꽃사슴 눈망울처럼

순전한 생명으로 사랑과 희망으로

꿈을 머금었다

가을 서곡

절망을 만나서도 작아지지 않았다
바람과 햇살
능선으로 아득히 까치발을 세우며
가을바람에 무슨 말로 소근거렸을까

무딘 내 삶을 사랑하지 못하면서
밀어 달리던 젖은 실속 없는 삶
오체투지로 낱낱이 윤회한 듯 젖어들고

가슴의 별이 가을 수확 일과 같이
닳고 닳아진 육필로 촛불 켜고
스스로 망각되어 달빛에 기도한다

저마다 부여받은 생명
세상의 난파 속에 생명이
적멸의 새벽을 맞이하게 될까

순종의 기도 어이 불행하리

말하라
통증조차도 가을에는 묵묵한 세월이

경이로운 작은 서정
태양과 하늘 위에 경작된 것
같아진다

창가 물기를 닦으며

아침저녁으로 기도 소리가 넘치더니
밤새 하늘 문 열고 닫는 목마름으로
기웃대는 천사의 땀방울인가
마음에 스미는 세상의 무게

방의 정적처럼 떠나보내지 못한
마음속에 뿜어 낸 호흡의 잔상들
오랫동안 뒤척이는 불편함에도
뜨거운 꿈을 꾸어
무엇하나 모자람 없이 순결한 나래
수없이 잠들다 깨고 되살아나는 곳에
허공에는 무슨 일이 일어났는지
열매지고 울지 않는 둥지로 공유되어
고요한 달빛자락 만월을 스쳐가는
행인의 마음 되어 여심의 강물 소리 같이
착한 화합으로 조심스레 내려놓고

먼 이국의 방랑자처럼

이 밤 붉게 피운 한 송이 동백 같은
사랑을 입에 물어

다 타들어간 매운 불을 쥐고
초봄 기운 생명의 양식으로
허공에 뿌려진 영혼의식
마음밭에 인공심장을 단
비련의 방울로 흘린 눈물 닦는다
사랑스런 체온으로 승화됨같이
은총의 기적으로 수를 놓는다

간병하며

　우리라는 이름으로 살아가는 사람들이 운명이고 사랑
이다
　아직 우리 사랑 우정 다 알지도 느끼지도 못해
　사람의 목숨을 호흡하는 사이에 있다는데
　너는 가려고만 하는구나
　병원 응급실에 심장 콩닥거리며 불안한데
　중병 아니길 빌며 혼미하다
　최악의 경우 유명을 달리할 수도 있다고
　눈빛이 흐리고 호흡이 거칠다
　휠휠 허울을 벗으며 연연한 생존이
　미쁜 목숨 하나 의지한다
　널 잠시 맡기고 그리워할 날 헤아리며 애태우고 있구
나
　사랑함은 이별보다 슬픔보다
　큰 네가 있기 때문일까
　이별은 슬픔과 함께해 눈물을 더한다지
　며칠 후 사도예절 때 순하게 웃고
　가끔 말을 하던 오틸리아라고

신부님께서 기도하라고 당부했다
하느님 품에 성모님 당부도

여름

창문이 드르륵 열리며
맑은 하늘과 바람의 맛을 느낄 수 있는
방에 살게 되었다
아침 산새가 빗방울을 피해 쫑쫑 뛰고
손바닥으로 가릴 수 있는 촉촉한 그림자를 끌고 다니
는
구름은
초저녁 마루에 앉아 봉숭아 꽃물들이는 여름
밤하늘 유난히도 별이 반짝인다
염천 등줄기에 할머니 들려주던 이야기가 무서워
이불 속으로 숨어들던 여름의 추억이 파닥하다
누가 먼저 말하지 않아도 꽃 속에 마음 심어 숨마저 부
려 놓고
초록 물 불끈불끈 지피고
정직한 어둠
밤하늘 솟구치는 은하가
어머니 다녀가신 젖은 글밭에 꾼 꿈이
미련 없이 추억에 젖어든다

두레박회

두레박회 발대식이 있었다
행복도우미, 깔끔이, 장금이, 수호천사, 지킴이
진지하다

운명에 굴하지 않는
향기로운 자조모임
영민하게 싹 틔운

깊은 우물에 두레박 내려
신성한 목축임이 될
한 모금의 우정

그리움이 곧 사랑이기 때문이다
목마른 꽃가지
조근조근 뿌리 내리며

햇살 바람과 함께
꽃 눈 띄는 가슴 위

살풋 날개 내렸다

초가을 서정

절벽에 서서
구름을 담아 마시면
가슴속 빗물이 된다

햇살 꽃대궁처럼 꺾여
바람은 귓불에 머문다

단 한 번의 생명
비명에 닿지 않도록 채워주어야
산등성이 가을 숲은 종부를 받은 슬픔

상처에 눈물을 대주듯
은총의 따뜻한 밥이 되어
살짝 깃촉만 얻은 잎새
대지는 잃음의 시작이다

눈물만큼 고운 이 작은 평화
조개구름 내려앉아 말하기까지

당신 여기 계십니까?

슬픈 순례

추억의 언덕에 오르다
우정이 강물처럼 흐르고
비둘기 수십 마리가 사연을 쪼아
소라 껍데기가 되어진다

독일 간호사 꽃씨를 동봉한 편지 눈물 젖고
약국 개업 후 절름발이 애인 이야기
상처난 것 향긋한 향유 적셔
목을 태우며

지난겨울 하얀 눈 밑
청보리가 자라듯
가슴에 비밀이 숨어
잿빛 담장 안에 백조 같은
주저함없이 세상 헤엄친다

아버지 부재중 계모와 지낸 사연
가난한 동생 일본인과 결혼

집까지 팔아 간 사연

숲속 산새 소리처럼 도란거리며
뜨락 나무 벤치에 앉아
폐병으로 격리된 넝쿨나무 밑
저녁놀 봄잠 꿈같은 시간

지금은 퇴색한 잔디밭
바람개비같이 잃은 희망
순례가 되어 살림살이 변명 눈빛
별처럼 반짝
보석을 서슴없이 꺼내 쓰곤
바늘처럼 잎새 돋아
슬픔 먹고 있다

그녀가 던진 빈말 몇억 혼곤하여
뱉는 호흡 눈꽃 인사

가로등처럼 믿고 싶고 맑은 푸른 밤

마른 꽃잎 같은
내 영혼의 솔바람 소리
열정이 분향처럼
의미롭게 전해지고
하루가 또 저문다

달밤

강물처럼 흐르는 구름 위로
계절은 돌림노래
길을 잃지 않고 찾아온 보름달이
가을 풀벌레 울음에 귀 기울이며
그림자 흔들며 바람 속을 걷는다

여름 햇빛에 자란
숲속의 숨길
테핑농법 저 들은 화평한데
전통의 땅에 변화의 시간
겸양을 잃지 않아
신을 깨닫기보다 하나의 물음

고즈넉이 비움 속의 향수
욕심쟁이라 오래 머물지 못할
자연의 희망을 치료하며
열리지 않을 슬픔을 달빛은 실어와
방울지는 산머루의 눈물

사랑은 작은 절제 뽀얀 달빛
깊은 연적으로
바람도 앉아 사랑도 쉼터
꿈을 잃지 않은
순례자인가

어느 토요일

문득 수녀님의 성가가
보드라운 꽃잎처럼 내 몸 위에
붉은 심장
신에게 말을 건넨다

축성식을 봉헌하고
에버랜드로 구경갔다
많은 것을 인식하지 못한 날들과
불변함을 모르고 지냈던 깨우침

신은 아프게 태어난 이들에게
아픔 이기는 삶을 주신다

후생을 한 번씩 다녀온 것 같이
다행을 바라는 언어
VIP BUS를 탔다

한나절 따뜻한 씨앗들이 사랑으로

천사들 바구니에 담겨진 것 같다

신부님의 양팔을 당기며
놓치지 않으려고 애쓰는 믿음과
기도의 수북한 아이들 마음

고마운 해가
대기를 넘나들고 배웅할 때
사랑 넘친 어둠이 붉어진 것 같다

순명한 미소가 따뜻이 열려
빛이 들듯
늦가을 십자가 나무의 가슴 같다

목련 피는 날

무명 옷고름 같은 목련
삶이 메말라
물기 없이 바스락거릴 때
눈이 활짝

숨이 턱턱 막히는 어둠에 체해
봄볕 쬐는 S병동
밤새 헤집은 심장
가시에 찔린 것같이 아프다

봄은
살아 있지 않는 것은 묻지 않는다
연문처럼 꽃맛을 깨운다
아가 손이 곰실거렸다
뭉게구름이 수레에 실여 영민하게 엉키어 출혈하고
뽀얀 환영들
대책 없이 눈부시다

목련이 성직자 복음처럼
가파란 언덕에 등 걸고
접혔던 청빈 입고
누추한 별 헹구어
사랑의 껍질 살랑 바람이
빛의 부피 되어

영혼 하나하나에게 이야기한다
별빛이 어깨를 툭 치며
천국을 믿으면서 혹은
의심하면서
이웃되어 웃는 듯하다

단상

네 자매의 눈물을 닦아주는
사랑이 오래 머물기 위해서는
슬픈 몸짓이나 병마에 져서
찌들린 가슴에 눈물 흘리지 마오
내 사랑은
목련꽃처럼 4월이 지나면
눈물 속에 헌신하고 봉사하는
찡한 향기만 남긴다오
고통을 이기려는 정이 궁색해도
생명의 빛이 어둠을 통과하듯
메마른 인정에 신앙의 신비로
그 사랑 오래 사랑할 수 있도록
영원과 친교하오
네 자매의 품 위에 새롭게 꽃잎 머금은
해방의 참빛 이르면 평화의 언덕에서
가난한 젊음을 들추어
죄악에 물든 세상과 갈등에서
잠시 봄날 피어 물든 동심의 충실성이래요

네 자매의 신앙에
하느님 입김 받은 생명과 사랑으로서
날마다 회개의 심장으로
불태워보고 싶다오
번민의 사슬에서
한결같이 정성으로 내치지 말아준
순결한 입시울로 고행의 봄꽃
당신께 사랑을 순전하니
마음이 쓰디 쓴
시련을 이긴 믿음이라오

후리지아꽃

자유로운 대화 속에 몇 갑절의
아름다운 마음으로 읽을 섣부른 이야기
노란 후리지아 가슴에 안겨
정결하고 안온한 향기
가슴에 젖어 든다
사랑도 이처럼 은혜롭게 다가서면
얼마나 소중할까?
가난하고 연약한 마음 안에
보드라운 감미로 순정처럼 머물려 있는
부엉이 꽃병 속에
다정한 아가 기저귀에 버려진 오물 같아
사랑과 섣부른 꿈에
꽃사랑처럼 소중한 감촉
이루지 못한 사연이
잔잔히 밀려드는 그리운 추억의 한 페이지
기도하려는 마음에
머금은 사연이
꽃잎처럼 향기 그윽한 사연

평온한 마음이 흐른다

냉이

봄 햇살 님이 부르는 한줄기 의미로
재운 자장가
냉이는 십자가 말씀 전하는 뜨락에
늘어진 겨울 나신의 생명을
마지막 높이고 성당 주위 텃밭에
찾은 봄 향기
신이 몰래 가꾼 사랑스레 찾아온 손님
꿋꿋이 지구 끝까지 복음 물고
다닐 친구들
작별하듯 서툰 사랑을 깨우고
다정히 모여 있다
가장 작은 동심으로 엎드려 기도하며
님의 마음 상하고
나약한 봄놀음에 흔들리는 마음
더욱 사랑받아 말씀 먹고 싶어
첫 번째 봄 음식으로
낮은 찬미 매일 끌고 다닌
앉은뱅이 신심될까?

찬미한 듯 살아가는 봄처녀
자연이 마련한 슬픈 꿈 태우고
가슴속에 피운 향기
산등성이 님의 노래 푸르고 새롭게
사랑을 칭얼되어 눈물 참고 있는 것 같아
더욱 애증스러워 사랑하고프다

가랑잎

꿈을 잃지 않은 황혼에
어스름이 타오르는 신비스러운 너!
떨어질 듯 펼친 나래는
풍성한 미래를 연상케 하여
불어오는 미풍에 나부끼는구나
너의 먼 꿈은
마음이 맑아 가난한 세상을 사랑하며
꾸준히 살 작정이고 보면
좀 더 자라고 착하게 희망하며
조그마한 생명의 아픔
믿음의 끈을 놓지 않아 고운
침묵의 길을 열며
소박한 현실로
배려하는 죄인의 마음처럼
자연이 마련한 슬픈 현실에
꿈을 그리는
단 하나의 향기로운 빛으로
도약하는 생명이구나!

4월의 창가에서

해마다 부활절을 맞아
기쁨 한 편 또한 슬픔 두 편

하늘로 난 길을 찾지 못한 나는
가끔 사람들은 순일하게 사랑하고
온전하게 떠나 지금
자신의 無化만이 삶의 꽃을
피울 수 있다고 한다

상처가 심할수록 영혼이 맑아진다고
멍울진 창가에 내려온 하늘
찻잔에 담아 기도한다

목련가지 봄바람에 실핏줄처럼
마디마디 꽃망울
심장으로 상처같이 맺혀 있고
생활의 변조가 오고 감성이 스며
한순간 기적이 아닌 때가 없는 듯

한 가닥 떨고 있는 독백
신뢰의 사랑의 손
꼭 쥔다

산 그림자

산은 젊은
안개가 쓰다듬는다
산새 울음
제 가는 창문 열고
세상을 보여 준다

사면이 우거져
떠나는 바람과 바람이 담겨진
그림자 차려 입고
인적 없는 섬이 된다

온몸 풀옷 입고
당기고 풀어진
금방 헹구어 낸 햇살

한숨 품은
맑은 상처 안고
꿈꾸며 가는 것

같다

은행 껍질을 벗기다

그리움 짙어가는 오월
정자에 앉아 은행을 깐다

껍질과 알맹이를 분리하는 일을
신부님과 수녀님과 은행을 깐다
이야기꽃 배려하는 정담
세 시간 동안 아름다운 가을 연서를 읊는다

늦가을 금빛 물결이 거리에 은행 체취도
코를 막고 모기 유충제거에 사용된다는
잎의 효용이 NEWS에 나오고
사람에게도 필요한 약이 된다니
안으로 타던 마음 생명을 구할 배려 같기도 하다

매일 우유팩에 은행을 넣어
전자레인지에 익혀 열 알씩 주는 마음
여름 천둥번개 이겨
한 번 더 치유하는 은총과

한상 가득 좌정하는
생활의 의미만을 넓히고 기도한다
열정의 노력과 바람만으로도
머금은 삶은 의미로운 진리

슬픈 연가

모차르트 피아노32를 즐겨 듣고
초승달 어둠을 먹고 배불러지던 날
언니가 임신중독으로 절명하다
아직 단꿈이 남아 있어
사랑하는 마음 두고
그녀가 남긴 엽서 눈물 젖은 분신이 되어
불붙는 절규 낯선 세상을 맞아 줄 심장은
얼음 날개로 연면하여
슬픔으로 잠든 애달픈 사랑
늘 분개하며
악을 저지르지 않아도 복이 저절로 멀어진다는 것
매일 찌든 마음 비늘을 벗기며
슬픔을 빛으로 온기를 느낄
자신을 채찍하며 숨어 지샌 눈물
외딴 포구에서
사랑의 수혜가 되어
아직 태어나지 않는 시의 미소가
생명이라며 운명적 잔상

어미의 뱃속에서
촛불 켜고 자신을 태워
꼬리 날개를 달고 비상하는 雲影
어린 양들이 따르는
영혼의 세계가 흐른다

아침나절

조각난 언어들로 눈인사를 하고
아침 햇살
희미하게 느껴지는 동공
간밤 길을 물으며 내린 사르르 녹는 설화
찬 향기가 난다
사랑의 결여도 잃은 우정도
마음 한가운데 서 있어
한 톨의 씨앗으로 정지할 땐
아픈 사랑이란 질문에
홈집 패인 인연 하나 풀어지고
솜털 보송한 흔들리는 심사
내게 필요한 양식은 실핏줄 터져 모인 외로움
그땐 알았다 저항도 없이 내동댕이쳐졌다고
생각할 때 요리조리 살피면서도
유혹에 빠져 허옇게 드러난 외로운 흔적
혼자 안타까워 한참 생각해낸
환희의 동채를
새털구름처럼 허공에 뿌리며

신이 정제한 습생
아픔을 참을 줄 아는 착한 사람의 서러움
사연이 묽어지도록
길손이 되어진다

봄

이국땅에 만난 작은 심원
창밖 돌탑 위에 십자가가 있다
오늘 하루 삶의 지혜가
가슴에 애잔히 젖어 온다

어린시절 고난과 슬픔이 오면
깨달음이 바다 건너 시집온
새색시에게 동요며 노래 공부를 익혀 온
추억 속 잠겨졌었다

지금 젊어져야 하는 철없는 숙제처럼
숨어 새운 시간 속 가난한 유학생의
열애는 미지의 소녀에게
잔상들이 있었나 보다

가슴속 욕망과 애국심이
모국땅 높은 둥지 안에
이상의 날개를 치며

서투른 목마름으로
유채꽃처럼 소중한
봄소식으로 맡았다

일본 동백꽃

이 봄 사라지기 전
한 뼘 되는 동백꽃 포도 위에 떨어져
님을 만나지 못해 안타까운 사랑
밤 깊어 가슴에 묻어 둔
별빛처럼 순교의 이유가 너무나 목메인다

섬과 섬 사이 휘돌아치는 바닷물을
달고 맛있는 음료로 착각하는
어리석은 생명의 노예는 아니다

먼 순국의 에뜨랑제 꿈속
정겨운 봄 햇빛 안에
님의 향기 깨어난 성채의 선민
이유 있는 항거도 타국에 되새겨진다
아 아
사랑의 날들
오늘날 타고 남은 그 한 넋으로
불살라지는

마음의 심지는 언제나 끓어 오르는 분노
하늘을 날으는 새들조차
영혼을 피워 오르리라

고드름

낮은대로 머리 두고 줄지어 맺은 동체
추운 날씨 사랑으로
살라고 눈물 뚝뚝 흘리며 이별의 정
서러움을 꿈꿀 자
옛정을 심어 맹목적 알몸으로
청빈한 침묵
언제나 소식만 알아도 동장군 모셔
비명의 탈출이라며
온몸으로 절명하는 파산의 여린 숨결
찬바람 기대며
너의 청명한 눈빛
상처로 빛줄기 다듬어 굳은 언약
잠들지 못한 동체는 윤회의 기도를
잉태하고 하늘에서 내린 청빈한 가슴
찢어지는 꽁꽁 언 겨울 손
짧은 사랑으로
마음 시린 날 희고 투명하여 급한 여운
겨울 땅 위에 빈약한 동심
삶이 그리움 사랑스레 반기리

수박

한낮 뜨거운 햇빛
수박 네 덩이를 쪼개어
시원함을 느낀 사람들

젊은 산 그늘이 이웃처럼
내려앉아 웃는다

나무에 부는 바람과 땅에 부는 바람이
두께가 다른 것 같이
희망도 답도 길도
내 안에 있는 것

삶은 조금씩 소멸하는 것이니
사랑은 사라지는 것이 아니라 거두어 가는 것 같다

위령의 날

파아란 하늘 물 냄새를 맡아 보자
할머니 운명하다
별빛 밤새 파고들고
저 인생의 관능을 보자

마음에 쟁여 둔 그리움
계절의 손이라도 잡으려고
따순 가슴 묻어 존재한다는
수심 깊은 새벽 겨울은 담겨 온다

반쪽 땅이라도 마음을 열어
눈을 감고 별을 헤는
알알이 눈물비가 오네요

무거운 어깨 두드리며
마주 앉은 사람들
놀란 토끼 눈으로 더욱 커진다
깃발처럼 울고

가슴속 머문 빈자리
아픈 기억
고스란히 삭힌
생의 이별이어라

무제

하늘은 빛깔 고운 차 한 잔 머금고
어둠 넝쿨 손을 가졌다
땅속 깊은 데서 식물처럼 올라오는 얼음꽃
동심 되어 눈길을 걸어간다
시퍼런 청춘처럼 어둑어둑한 골목
미끄러움에 떨다

은빛 비늘을 두른 나뭇가지
뿌리처럼 앓아 온 통점이거나 맑은 슬픔
풀어헤친 설경에 가로등 불빛
동백꽃같이 피를 흘리며 추락하다

신에게 보다 가까이 다가설 수 있다는
응급처치처럼 다급히 구유에 누운 예수 아기
세상은 사랑 숙제
전구 불빛은 먼지처럼 분사되어
뜨거운 애열
몰래 독대한 깨달음

이쁜 촌티처럼 깨끗한
바람결 온화하다

우심

나는 억울하게 눈물 흘리는
작은 어항 속에
먹이를 먹고 부딪히며
타인의 사랑에 눈만 껌벅거리며
휘둥대며 한없이 끝도 없는 어항 속의 나
은혜의 뜻이 비치면
조금은 삶이 수월하고
관심의 뜻에 이르면
작은 지느러미로 몸뚱이를 갸우뚱거리며
열심히 물을 먹는 어쩔 수 없는 생명
나 그곳에서
작은 천국이 열려 있고
꿈이 어려 마음이 피곤할 때
타인의 무대에서
먹이지 않는 춤으로도
부지런한 생명으로 미래를 본다
사랑 속에 파묻혀 고통 없이
진실한 배움이 있어

넘치도록 거룩한
축배를 올린다
삶을 사랑하며 살아갔음을

바다

어머니처럼 풍덩 잠들어
젖꼭지 물은 아이 뺨처럼 평화가 이웃하고
보드라운 물결 밀려드는 미소짓
자꾸 보채듯 치맛자락에 짠 소금물 묻어
벗이 되고 땀이 열려
훗날
세상의 자비로 춤추게 한다
너는 어린아이 친구처럼 짠물 어린
소꿉놀이의 동역자인 것 같아
마음은 끝없이 펼쳐진
구김 없이 태양의 정열을 받아
신약 베드로의 걸음처럼
나도 믿어 물 위를 걸으며
사랑을 입고 싶구나!
수녀님은 기적의 뜻을 알으셔서
맨발로 찬 바닷가를 사랑받아
즐거움 가득 성총의 매 순간 같아
세상의 전부를 수용한 듯

바다의 깊은 사랑과 이해를
깨침을 열고 있음을
자유 속에 피폐되지 않을 사랑을
파도 마음처럼 잔잔히 울려 기도 올린다

자애원 할머니 식사

작은 기쁨이 모여 도란거리며
정말로 조그마한 평화와 사랑이 숨어 산다
진실이 숨 쉬고 갈대꽃같이
솟은 머리 나래 접은 꿈들
추억과 기억을 소탈한 심정으로
오물거리며
품 안에 돌아올 것 같은 세속의 녀석들
한 해가 기울고 기다림으로 야위여질 것 같아
담 너머 장독대 옆 봉숭아 꽃물처럼
모정 머금고 소쩍새 울던 고향 산골
향수에 마음 주고 살며시 터지는 미소 속에
달그락거리며 부지런히 서툰 규율 속
자신을 모두어 가슴을 젖신다

사랑과 은혜로 더 이상 피어낼 수 없는 꽃잎은
힘겨운 농부의 수확을 알아
천사의 다스림 같아지는
순박한 구원의 방패 속에 알뜰하고 소박한

소명은 이끌고 가듯
못함이 없는 작은 은혜로
진실을 깨끗이 머물린다
솔향 피워 들고 술 맑게 걸려
잔치한 듯
영원한 생명의 끈으로
사랑 없는 삶은 죽음보다 못하다며
은총의 기적을 수놓는다

수녀님과 꽃

정결한 마음의 언어들을 숨긴 채
그리스도 왕께 드리려는 온몸의 전율과 환희
세인의 쓰린 일상이 창백한 순정으로
양이 된 숙제의 붉은 핏방울
이 시대를 공유하는 순전한 삶이
어질고 행복한 독백으로 채워주신
성결한 수도자의 아가페적 사랑

부메랑처럼 메아리치는 열애의 꽃무리
내 가난한 입시울은 전무를 가슴에 담아
향기로운 연심을 담아오고 싶지만
삶의 고달픔 다 쏟은 잉여의 뜨락에
농익어 행복한 순전한 자태는
신이 주신 마지막 글로리아

꽃들의 은밀한 속삭임을 들은 천사 같은
수도자는 단 한 번의 복음적 뜨거운
사랑으로 한 폭의 작품에 창조의

깊이를 헤아리시고
영혼과 육이 초월된 세상을 고결한
심령으로
여리고 약한 마음에
꽃은 한 방울의 군림된 세정의 눈물이
빈손으로 돌아가는 순례의 길과 같은 인생
꽃들의 삶에는 예수님의 생애와
인류구원의 사명을 수행하며
하얗게 빛나는 절대적 사랑의 형상
오가는 정결한 나래
사랑의 독백으로 채워 준 무언.

샘물처럼 목마른 삶
꽃들은 늘상 행복으로 반주하여
예언자의 마음이 되어진다

사랑의 밀물이 찰 때까지

실험

네게 자유를 줄 것 같아 실험에
설음도 잊고 고독한 언어도 섞어
기쁨과 환희 같았는데
한 마리의 학은 꿈을 달고 부모 없이
순풍 깃발 같아라
서둘러 훌훌 벗어 버리고 지혜의 매 순간
많은 자숙의 시간
기다림처럼 동심 속
마음의 진한 향기 뿌린 자
따뜻한 세상에 안겨 보자
바람이 아련한 아쉬움을 느낄 때
배우려면 못할 이유 없이
답답한 감정 어쩌다 놓치고 서러운
침묵 속 평화의 지혜
흐르는 눈물처럼 순결한 마음
참으로 오묘하고 솔직한 벗되어
눈부신 온기로 태어나자
외롭고 가난한 마음

채우고 밝은 세상 도우미가 되어
은혜로움 주소서!

찜질방에서

내 마음에 평화를 심어 놓은
지혜의 사람들
맑은 세상 깨끗한 마음
치유의 땀을 쏟고
성모님 채취처럼 느껴지는 기도의 마음
약한 자의 고충 대신할
정겨운 느낌
사랑은 사람이 살아가야 할
따뜻한 하늘의 성좌 같아
참숯
천장보고 누워
세속의 열기만큼 애련한 마음
화살기도를 드리고 피로한 영, 육
약이 되어 은총의 빛 쏟아 놓은 한약 봉지들
정결하고 고독한 삶 씻어
은총의 소금처럼 살아가라는
청순한 세상의 깃발 되어
감사의 기도 올리며

사모의 정 되어
인연 깊게 하소서!

꿈 2

새벽녘 황홀한 꿈을 꿨다
또 누군가 文學이나
최후의 영별 속에 연꽃처럼 수렁에서
안치될까?
산사에서 다정한 인정이 오가며
홀연히 떠나는데 군무에 핀 인연
편지 詩가 맛들어진다
생활 속에
의구심 분신처럼 아려
표현하지 못한 미작처럼 여겨지지만
진실로 사랑과 인간의 가장 어려움 속에
실제의 생존을 글로 적고 싶다
꿈은 미련 속에 잠긴 무한한 미래
책장을 넘기며 가슴을 다스린다
고요 속에 묻힌 밤
그윽히 향기 품은 애설은 사랑처럼
미묘로운 것들.

Cafe에서 bread 팔며

사랑과 우정으로
소담하게 빚어진 갖가지 cake와 Bread
애뜻한 인정으로 맛을 더하고
그 속에 정성과 기쁨에는
새로운 가슴과 용기를 불어넣은
마음의 슬기였으라
달고 감칠맛 난 것은 우정을 웃음으로
먹고도 그리워서 찾아 준
애뜻한 마음 그 속에 풍요로운 사랑이
숨어 살아 성모님 치맛자락
감싸였음이라
주님 주신 선물처럼 뜨거운 믿음
세상 온갖 번민 벗어 음미하며
영, 육이 새로워
자비의 꿈속으로 생명 일으키는
초석이 되어 넓은 은혜
복음 성심의 꽃 진리의 등불 밝혀
미래의 사랑으로
기쁨 가득함이어라

이야기

마음에 그리움 가슴 복받쳐
사랑에 야속함
까만 밤하늘
흘러버린 세상에 묻어진 정을
초가을 풀벌레 울음에
사랑을 부스스 세수하듯 깨우고
야속한 정 깨고 나만의 번민
실리의 속사정 어둠 외로운 가을 혼
머리 숙여 고별하는 알찬 언어들
잃지 않고 기도를 읊조리듯
외로움에 숨이 찬 겸허의 자세
코끝에 아리듯 아픈 세월
알 수 없는 미래에 부푼 마음
산소 같은 사랑 치유의 성령 내려와
심연의 아픔 깨우쳐
간절한 기도의 열매 익어가는
성결한 믿음

겨울연가

나 그대 그리워함은
온몸으로 녹아
잔별가지 끝에 청록의 빛에 물들지 않고
순수하게 순결의 눈물 머물러
훌륭합니다
흰 눈 속에 갇힌 고독한 에뜨랑제
항변할 값어치가 너무나
궁핍해진 세파의 오류에
그만 긴 폭포수처럼 부서진 물빛만 포로가
되어 갑니다
아늑하고 포근한 언어가
나비 날개 바람에도 눈이 시려
세상을 바라볼 시력이 없습니다
친밀의 화방으로 대세를 바뀌어도
억세고 덤덤한 인사에
사랑의 뜰막은 슬퍼 보이고
향기 없는 자숙의 인연뿐인 것입니다
나 그대 하늘 호수에 담가

손님이 주신 자비의 선물을
손 가득 담아 감사의 빛으로 채우리라
오늘도 기도안에 섬길 겨울연가
그대 사랑으로
숨쉬는 언어가 들리는 것 같습니다

근심

걱정이 많아 하느님께 기도하면
장만할 살림살이가
무척 부끄럽고 장난스러움에
말씀의 씨앗이 동면합니다
이토록 부유하게 세상을 바라봄은
가진 것 없이 빈약한 재물과 마음
가난해진 가슴입니다
화해의 도구가 금이 가고 망각의
띠를 두르고 나를 구속한 눈물은
세상이 모두 흘리는
잔인한 사랑일 것입니다
행복한 마음이 조금 간직되려면
엔돌핀이 흘러
나를 민족을 위한 자유로운 사랑
의지가 약해지고 스스로 사멸하는
빛이 어디로 망각의 구름다리가 되어
어디서 가는지 나는 잃어버렸습니다
칠흑의 밤이 진한 독백 안에

사랑으로 승화한 온기 같아
매일 사랑의 눈으로 세상을 봅니다

밀어

사랑의 열병을 앓은 눈가에는
늘 향수와 두려움이 서려
애잔한 음성
자유를 반기는 님 언어의 감미로움
진실한 사랑이 아니라도
가슴에 시원한 냉수를 들이키고 싶다
그리운 이의 안부처럼 시간이 흘러도
오래 남아 자유를 갈망하는 작은 생각들
가슴에 품고 실타래 풀듯
사랑스런 대화를 합니다
달콤한 사랑이 아닙니다
허황해도 좋고 진실이 결여되어도
허락되는 대화
단순한 의미의 언어가 창조되고
정직한 육신이 살얼음을 걸고
흐르는 물처럼
때로는 행복한 평화가 주어져
목소리 이웃하고 가슴 뭉클해집니다

다정한 사랑을 주는 것 같은
내 이웃의 인사에
가슴 가득 사랑으로 매어집니다

비 오는 날

비는 사랑의 애달픔이
양심 없는 지성처럼 황혼빛
소망의 하늘이 열은 듯
그리움을 쏟아놓은 것
불변과 혼탁한 세상을 혁신하는 것 같아
무서운 힘이 되어 내린다
가난을 위한 서러움이 아니다
억울하고 답답함을 알고
세정에 꽃피울 인정 속에
노아의 홍수처럼 모태에서 새로운 마음의 변화
신의 통치는 진정한 꽃잎 쏟아지듯
고독한 세상을 만드는 것 같아
반가운 손님처럼 양심을 씻을 온유의 씨를
심을 덕목에서도 비는 내린다
맥박 위에 애석한 박동
비는 진실한 심정의 보료 같아
바위를 뚫고 소리 내어 울고 있다
비 맞은 사랑은

간결한 매력으로 인간의 힘보다
고독한 자유로운 정열
애처로운 세상살이처럼 눈물이 되어
우리 모두의 가슴을 적신다

사랑

바람과 공기와 햇빛처럼
공짜로 주는 것밖에 느낄 수 없음은
인간의 나약한 맹세가
작은 마음의 십자가이며
혼자 속으로 새기고 말 사연을
詩로 표현치 못함은
작은 비애입니다
사랑을 갈망하는 여름 마른 식물처럼
천주의 자비가 기다릴 때
깊은 감사의 보물처럼
복음에 감사 입어 젖은 마음은 백합같이
순결한 향기
성모님 앞에 자유의 선물 가득 안고
밝은 빛 단장 여성의 임무와 책임으로
사랑을 인식하며 몹쓸병처럼 불편함을
앓아 뜨거운 희생을 먹어야 하고
작은 일에도 상처를 받아 쓸쓸해지며
信처럼 목숨 바쳐질 믿음과

채워 새길 마음의 촛불 태워
은혜와 축복의 영혼 가져
그가 흘린 피를 오열하지 않음은
우리의 부족한 사랑입니다

꿈을 꾸고 나서

사는 것이 행복인 것을 꿈속에서
알 수 없는 석별에 지친 나목
슬픔이 눈물바다인 것을
관심을 넘어 밀려드는 환상
한 성인의 인자한 모습에
물가에 계신 신부님 두 분을 뵙고
오랜 설교를 들었다
오열에 젖은 세상을 論하고 계시는가?
구원의 생명 승화한다는 것인가?
귀로에서 맨발로 걸으시고
가슴이 벙벙하고 정신이 혼미하며
알 수 없는 꿈
사랑하는 신자가 된다는 것은
고귀하고 소중한 은총 속에
온몸으로 자비를 입은 애달픈 새벽 꿈
마음에는 골고다 십자가의 길
가슴 깊이 묻혀 있는 아픔

장애인 창작집 발간지원 사업 선정 작품집

그리움이 피는 곳

1쇄 발행일 | 2013년 12월 20일

지은이 | 이경숙
펴낸이 | 정화숙
펴낸곳 | 개미

출판등록 | 제313 - 2001 - 61호 1992. 2. 18
주소 | (121 - 736) 서울시 마포구 마포대로 12 한신빌딩 B-109호
전화 | (02)704 - 2546, 704 - 2235
팩스 | (02)714 - 2365
E-mail | lily12140@hanmail.net

ⓒ이경숙. 2013
ISBN 978 - 89 - 94459 - 37 - 0 03810

값 10,000원

주최 | 대한민국 장애인 창작집필실
주관 | 장애인인식개선오늘(고유번호 305-80-25363. 대표 박재홍)
심사 | 발간지원 사업 심사위원회
후원 | 대전광역시, 대전문화재단, 계간 문학마당